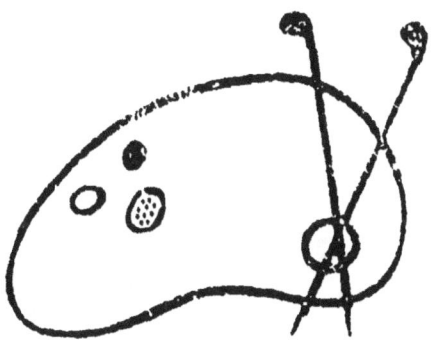

Début d'une série de documents
en couleur

COUVERTURES SUPERIEURE ET INFERIEURE D'IMPRIMEUR

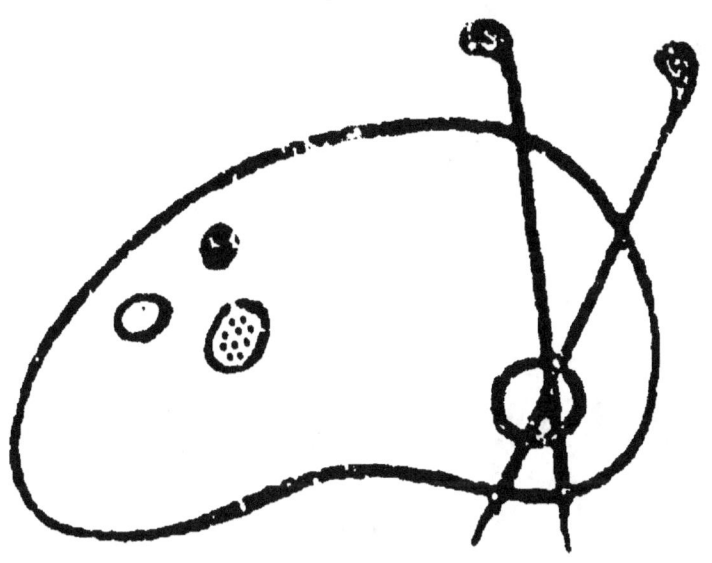

Fin d'une série de documents
en couleur

LE

TALISMAN DU COLPORTEUR.

4e SÉRIE IN-12.

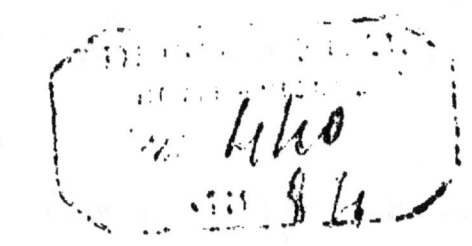

LE
TALISMAN

DU COLPORTEUR

par

L. DHON

LIMOGES

EUGÈNE ARDANT ET Cⁱᵒ, ÉDITEURS.

LE
TALISMAN DU COLPORTEUR.

I

Les rigueurs de l'hiver sont passées.
Si, quelque part, dans les montagnes,
la neige couvre encore la terre de ses
guipures immaculées, partout ailleurs,
dans les plaines et les vallées, est revenu
l'heureux moment où la campagne reçoit
de la tiédeur du printemps son sourire
et ses grâces. Les blés verdissent; les
arbres se couvrent de fleurs; l'aubépine
blanchit les sentiers; les lilas et les

syringas parfument les jardins. Enfin l'alouette chante dans les sillons, et les oiseaux s'empressent de faire leurs nids dans les bocages et sous les haies. La nature entière ressuscite et prépare ses splendeurs.

Un matin, il y a de cela quinze ans, à la sortie d'un bois qui couronne de charmantes collines, descendent deux enfants qui accompagnent, mais séparément, l'un son père, l'autre sa mère. Hélas! quelle différence entre ces deux groupes qui cheminent à peu près d'un même pas, à un intervalle assez rapproché!

L'enfant dont le père tient la main s'avance le premier, joyeux, léger d'allure, et sa causerie, très animée, témoigne de sa jeune curiosité. Il pleut de sa bouche des Pourquoi ceci? Pourquoi cela? à n'en plus finir. Les roses de la santé s'épanouissent sur son visage. Il est vêtu à la mode du jour : charmante casquette de velours noir qui cache à peine ses longs cheveux blonds bouclés et flottant sur les épaules; petite blouse de cachemire bleu très foncé, serrée à la taille par une ceinture de cuir fauve; pantalon gris-perle tombant avec grâce sur de fines bottines de satin; et gants de chevreau emprisonnant sa petite main aristocratique. Par sa mise sévère, son père indique qu'il est l'un des notables du pays.

L'enfant qui trottine à côté de sa mère, à quelques pas du groupe précédent, est mièvre et chétif. Il garde un silence obstiné, car il souffre, on le voit; mais en revanche, il prête l'oreille à l'en-

tretien de ses voisins. La pâleur de la
misère s'étale sur sa petite physionomie,
du reste fort intelligente. Des lambeaux
de vêtements voilent sa nudité plutôt
qu'ils ne la couvrent. Pas de chaussures ;
et ses pauvres pieds, sanguinolents, sont
crevassés, déchirés par les épines du bois
et les cailloux du chemin. Tout faible
qu'il est, le petit être est péniblement
chargé d'un faix de bruyères. Quant à sa
mère, courbée sous un lourd fagot de
ramées sèches, elle porte sur toute sa
personne les traces de la dévastation du
corps et des plus poignantes douleurs de
l'âme. Les pieds nus, comme son enfant,
elle n'a pour robe que la plus immonde
souquenille, tout en loques et frangée de
déchirures laissant voir des jambes
amaigries et violacées par les coups que

ne leur ont pas épargnés les racines des arbres et les morsures des ronces.

Nulle part peut-être le printemps n'étale plus de luxe de jeune végétation et de beautés pittoresques renaissantes que le vaste écrin verdoyant vers lequel descendent les deux groupes de personnages dont nous parlons, et dont est le diamant la charmante bourgade de Montier-en-Der, entre le Vallage et le Perthois, dans la Champagne.

Abritée au nord et à l'est par de gracieuses collines et l'épaisse fourrure de la forêt séculaire du Der, cette petite ville est assise au milieu de prés fleuris qui forment sa ceinture, et de massifs d'arbres sous le dôme desquels ses récentes maisons et l'antique abbaye, qui lui a donné son nom, *monastère dans le Der*

montrent leurs blanches façades, leurs
toits rouges et leurs vergers endormis au
soleil.

La Voire, capricieux méandre, l'arrose de ses eaux limpides, et d'un horizon à l'autre féconde ses provinces. On
dirait d'un ruban d'or qui se contourne
et rutile au milieu d'une immense corbeille de fleurs. Dans les profondeurs
brumeuses de lointains paysages, l'œil se
perd dans de vaporeuses perspectives
qu'interrompent, çà et là, de larges
rideaux de peupliers, et que capitonnent,
ici la flèche aiguë de l'église gothique de
Ceffonds ; là les clochers de Sommevoire;
plus loin le lourd campanile de Robert-
Magny ; et, un peu partout, de rustiques
hameaux, la Varnière, la Bouverie, Jervilliers, Poinsot, etc. Enfin la vue se re-

pose sur de riches coteaux qu'animent les brebis bêlantes et les génisses du pâtre champenois.

Le père et son fils admirent ce magnifique bassin, déroulant ainsi de splendides tableaux, lorsque, tout-à-coup, les bourdons et les cloches de l'antique abbaye et du village de Ceffonds, qui n'est à proprement parler qu'un faubourg de la petite ville, se prennent à sonner à toute volée, faisant planer sur la bourgade et la campagne comme d'immenses vagues d'harmonie, éparpillant leurs gais carillons et leurs trilles joyeux, ainsi que des grappes de mélodie qui s'égrènent et se dispersent dans l'espace, emportées par les brises ou l'aquilon.

— Ah! père, s'écria l'enfant émerveillé, voici les sonneries du Jeudi-Saint.

Que c'est beau à entendre ! Tu vas voir,
tu vas voir partir ces légions de musiciennes que l'on appelle cloches. Car, aujourd'hui, cloches et bourdons déploient
leurs grandes ailes, et, s'élançant à
toute volée, comme à présent, des tours
et des clochers de tous les pays du
monde, ils vont ensemble à travers les
airs jusqu'à Rome, se faire bénir par
le Saint-Père. Puis, quand ils auront
reçu sa bénédiction, ils reviendront reprendre leurs places, dimanche, jour de
Pâques. Alors, en volant dans l'espace,
à leur retour, et en passant au-dessus de
nos maisons, ils nous feront part de cette
bénédiction qu'ils rapportent, et dépose-
ront pour les enfants qui sont sages, dans
nos jardins, nos vergers, nos bosquets,
et jusque dans nos chambrettes, des

cadeaux de bonne amitié. Père, je les entends bien, les cloches, mais pourquoi ne les voyons-nous point passer, puisqu'on dit qu'elles s'en vont?...

Le bon père sourit de plaisir en écoutant la poétique légende de son enfant, et ne sait trop que lui répondre, car il ne veut pas détruire sa naïve croyance. Il se contente donc de lui dire :

— En réalité, les cloches d'aucun lieu de la terre ne quittent leur clocher, mon cher Gaëtan. Ce prétendu voyage aérien qu'elles se permettent vers Rome, est une simple et gracieuse allusion à leur sonnerie joyeuse du Jeudi-Saint, puis au silence qui lui succède pendant trois jours, jusqu'à la fête de Pâques. Ainsi, remarque bien, voilà le branle qui cesse ; déjà on n'entend plus le son de ces cloches, mais l'oreille perçoit encore des vibrations harmonieuses, comme si ces bourdons, en volant, leurs ailes étendues, s'éloignaient en effet. On dirait des accents de fête et des soupirs de bonheur qui s'éteignent... A leurs premières clameurs, gigantesques d'abord, à leurs accords suaves, plus doux ensuite, dont, écoute bien, le tintement se promène le long des collines, répercuté par de mystérieux horizons, succèdent maintenant le calme et le silence le plus absolu... C'est fait. On peut dire et faire croire que les cloches sont parties et qu'à présent elles sont en voyage... Mais tu ne les as pas vues, parce que c'est leur son qui voyage et qui va se perdre dans l'infini.

— Mais pourtant, père, reprend

Gaëtan, qui renonce difficilement à son illlusion, comment m'expliqueras-tu ce qui m'est arrivé, et à mes petits amis, et à ma sœur Thérence, l'année dernière, lorsque les clocles sont revenues de Rome et se sont fait entendre si joyeusement le jour de Pâques?... Tu n'as pas vu cela, toi, père, car tu étais en voyage à cette époque-là. Eh bien! nous savions les cloches parties pour Rome, comme à présent, n'est-ce pas? Juge de l'impatience, de l'enthousiasme de tous mes amis et de moi, à les attendre... Pâques venu.....

— Oui, vous étiez impatients parce que vendredi saint et samedi, sans accents de joie, sans cloches, sans bourdons, sans le moindre son d'*Angelus,* doivent en effet vous sembler tristes. Alors l'air

est muet, la nature morne, le monde en
pleurs, la cendre couvre tous les points,
le deuil est dans tous les cœurs, puisque
notre Sauveur, le Christ gît dans le tombeau... Mais le jour de Pâques.....

— Ah! voilà : Le jour de Pâques
venu, il y avait dans l'air, au-dessus de
la ville, au-dessus de la campagne,
comme un grand cantique, comme un
hymne de joie qui résonnait. Figure-toi
que tous mes amis, ma sœur Thérence et
moi, nous nous trouvions sous les premiers rayons du soleil du printemps,
parce que, dès l'aube, cloches et bourdons rentraient au pays, annonçant leur
retour par le tonnerre de leurs grandes
voix qui éclataient, qui roulaient sous la
voûte des cieux, comme... des flots
d'Océan, dont l'un succède à l'autre... Ce

fut pour nous un bien grand bonheur
d'assister à ce retour de nos cloches;
mais, comme tout-à-l'heure, nous ne
les avons pas vues passer... Alors.....

— Quelle poésie tu as dans l'âme,
cher enfant, et comme tu sens bien les
choses! C'est à merveille. Ainsi que tu
le dis, je n'étais pas là, c'est vrai, mais
je devine que ces cataractes de sons
bruyants, qui vibraient et se balançaient
dans l'air, sur les nuées, devaient en
effet vous sembler admirables... Alors,
c'est ce que tu allais me dire quand je
t'ai interrompu, alors vous vous mîtes à
chercher à terre, dans les gerbes de
fleurs, sous les touffes des plantes et
parmi les massifs d'arbustes, si les bien-
aimées cloches du bourg et des hameaux
voisins vous avaient trouvés assez sages

pour... vous rapporter quelque souvenir de Rome?... Hein! n'est-ce pas cela?... Alors aussi, ce fut sous forme d'œufs jaunes, rouges, verts, grenats, ou d'or et d'argent, que votre main, frémissante de bonheur, saisissait le don précieux que les cloches avaient déposé dans le calice des fleurs, ou sous les feuilles des arbres. Quels cris! quels transports! quel enthousiasme!... Quelle joie dans la famille quand vous trouviez de ces œufs tant désirés, vos œufs de Pâques!... comme vous dites.

— Mais, père, c'est souvent aussi sous forme de montre en or, de riche album, ou de jolis objets de toutes sortes que les cloches font leurs cadeaux... continue Gaëtan, qui tient absolument à sa fiction des générosités des cloches, et à

leur voyage aérien. Ainsi, l'année dernière, Thérence a trouvé, suspendu à un
myrte, un dé en or, des ciseaux en ver-
meil attachés à un laurier-rose, et un
poinçon de même sorte qui se balançait
aux rhododendrons de la pelouse. Ses
amies ont fait aussi les plus jolies trou-
vailles... Oh! quel bonheur! Pâques vient
dans trois jours!... ajoute-t-il en sau-
tant d'allégresse.

Puis, un moment après, il dit encore
avec la plus innocente crédulité :

— Mais j'oubliais de te raconter,
père!... Thérence, et Robertine, et
Sophie, m'ont dit qu'elles croyaient bien
avoir vu les cloches franchissant l'espace
a grands tire-d'ailes immenses... Mais
elles n'ont pas eu le temps de les bien

distinguer, parce qu'elles allaient vite,
oh ! très vite...

— Elles devaient aller très vite, en
effet, mon bon Gaëtan, réplique le père
en riant, car ce qu'elles ont vu n'est autre chose que l'ombre de quelque nuage
rapidement poussé par le vent, sans
doute.

Mais la conversation est interrompue
soudain.

— Pardon, excuse, monsieur de Marcinelle, si je me permets de prendre la
parole devant vous, dit alors la pauvre
femme qui marchait jusqu'alors à l'ar-
rière de nos deux promeneurs, et qui les
rejoint, quoique chargée de son lourd
fardeau de bois mort... Mais j'entends le
petit monsieur Gaëtan qui devise si bien,

que je vous prie de me laisser lui adresser quelques mots...

— Autant que vous voudrez, ma brave femme... C'est donc vous, mère Brisquette? Je ne vous avais pas vue... répond M. de Marcinelle.

— Je le sais, Monsieur, car vous m'auriez parlé... Vous n'êtes pas fier, et ce n'est pas vous qui auriez honte de causer avec le pauvre monde... réplique la bonne femme.

Gaëtan, de son côté, soulève sa petite casquette pour saluer la mère, et il sourit à son enfant.

— Bonjour, Briscotin, ajoute M. de Marcinelle en s'adressant au pauvre petit bonhomme, qui plie sous la charge de bruyères qu'il porte sur sa tête.

— A chacun un bonjour !... répond l'enfant, dans son langage concis.

— Eh bien ! toi, Briscotin, as-tu jamais trouvé des cadeaux de cloches dans ton jardin, ou dans les landes que tu parcours si souvent? lui demande avec amitié M. de Marcinelle.

— Nenni, Monsieur; ni dans les landes, ni sous les buissons du chemin des bois... réplique l'enfant, dont le visage s'illumine. Si j'en trouvais, je sais bien ce que j'en ferais, si c'était un œuf en or, comme on disait tout-à-l'heure.

—Hélas ! Monsieur, reprend la femme, mon Biscotin est pourtant bien sage, bien travailleur... Malgré tout, les cloches de notre abbaye ne lui ont jamais rien donné, à lui ! Il a cherché, comme les autres, l'enfant! Mais rien, rien dans la forêt, rien dans notre jardin, qui touche à votre parc. Allez, mon petit monsieur Gaëtan, m'est avis que la cloche qui vous fait d'aussi beaux cadeaux d'œufs de Pâques et de bijoux, c'est la main de la maman, c'est le bras de papa, c'est le cœur de tous les deux. Or, ni mon mari, ni moi, nous ne pouvons rien pour notre enfant ; nous sommes pauvres !

— Ce qui a fait naître l'usage des œufs de Pâques, vois-tu, Gaëtan, je puis te le dire, maintenant que Brisquette a donné le mot de l'énigme, ce fut l'abstinence du carême qui, autrefois, pendant toute sa durée, interdisant cet aliment délicat aux fidèles catholiques, inspira l'idée de s'en dédommager au moment où l'air, la nature, les âmes et les cœurs semblent revivre, ressusciter et aimer avec le Christ.

Aussi, jadis, faisait-on bénir, dans chaque famille, un grand nombre d'œufs, mis en réserve pendant le carême, pour les distribuer ensuite aux amis de la maison. On les teignait en violet, et surtout en cramoisi, ce qui les fit appeler *œufs rouges*. Sous Louis XIV, et même sous Louis XV, on portait, après la grand'. messe du jour de Pâques, des pyramides d'œufs peints en or dans le cabinet du roi, qui les distribuait alors à ses courtisans. Maintenant l'usage des œufs de Pâques est tellement ancré dans les habitudes de la vie des enfants, que si on les supprimait, je crois qu'ils feraient une révolution... n'est-ce pas, Gaëtan?...

Ainsi parle M. de Marcinelle. Mais Gaëtan, tout aux charmes du jeune âge et aux espérances que lui donne l'ap-

proche de Pâques, n'a pas écouté la pé-
roraison de son père, car il cause avec le
petit Driscotin.

Cependant, les deux groupes, réunis
en un seul, ont descendu la colline ap-
pelée dans le pays *Côte Berdin,* et arrivent à la première rue du bourg, dite
rue Saint-Remy. Là, sur l'un des côtés
les mieux exposés au soleil, se montre
une charmante villa, tapie sous l'ombrage d'arbres verts qui jalonnent ses
pelouses, et de platanes dont les cou-
poles élancées s'harmonisent de la façon
la plus riante avec l'azur du ciel. Cette
maison de plaisance est des plus simples.
Deux étages, élevés sur un rez-de-chaussée, la composent. Ses murailles sont
blanches et ses persiennes grises. Mais
vue au travers d'une large grille qui la

sépare de la rue, et gracieusement placée, au milieu de pelouses luxuriantes, où les plantations forment des clairières et des bosquets mystérieux, rien ne sourit davantage à l'œil et ne donne mieux l'idée d'un confort de bon goût. D'un côté, au fond des jardins, on voit les bâtiments qui servent de remises, d'écuries, de serres, etc. Mais de l'autre côté, aucun mur ne s'élevant pour clore le domaine, que protége seulement une haie d'aubépines en fleur, le regard se perd dans les vergers du voisinage.

Cette demeure champêtre est la résidence de M. de Marcinelle.

Et le verger attenant au domaine, dont il est séparé seulement par la haie dont je parle, est à la Brisquette.

Sont donc voisins l'un de l'autre et M. de Marcinelle, et la Brisquette.

A Montier-en-Der, on féminise le nom du mari pour l'appliquer à la femme. Ainsi le père Brisquet donne son nom à sa femme, la Brisquette; à son fils, Briscotin; et à sa fille, Briscotine.

Mais avec le verger en question, que décorent quelques arbres fruitiers, c'est là tout ce que le pauvre père Brisquet donne à sa famille. J'en excepte une chaumière, placée sur le flanc droit de la villa Marcinelle. Mais quel contraste de cette chaumière avec la villa! Une hutte en terre, où la lumière pénètre par des vitres en papier huilé, semblables à des yeux ternes. Tel est l'antre, la tanière de la pauvre famille Brisquet, Brisquette, Briscotin et Briscotine...

Combien d'infortunes, ici-bas, hélas! Combien de gens souffrent de cruelles privations et sont la proie d'une fatale indigence!... Quelle en est la cause? Je l'ignore et ne veux même pas le savoir. Ces misérables souffrent, cela me suffit pour les plaindre de toute mon âme...

On en est à ce point chez les Brisquet, que le pain manque, le feu manque, l'argent manque. Journalier, c'est-à-dire employé comme manouvrier, un peu chez tout le monde, le chef de cette famille ne gagne qu'un salaire toujours insuffisant. Il ne peut satisfaire aux besoins des êtres qui attendent de lui la nourriture et le vêtement. Aussi, comment sont-ils nourris?.... comment sont-ils vêtus?... Brisquet n'a qu'une blouse déchirée, Brisquette qu'une souquenille ouverte à tous les vents, Briscotin qu'une veste immonde, et Briscotine qu'une jupe déchiquetée.

Et pourtant, de la villa Marcinelle on leur donne souvent de bons vêtements... on leur fait passer de bons reliefs de la table... **M. de Marcinelle** leur a même prêté... **cent écus**, et c'est à l'occasion de cette dette contractée, que la Brisquette s'est rapprochée des promeneurs afin de prier le père de Gaëtan de vouloir bien attendre avec patience la restitution de l'argent. Certes! **M.** de Marcinelle sait parfaitement que cette somme de trois cents francs ne lui reviendra jamais. Il n'en veut même pas, et se tient prêt à faire de nouvelles avances; mais il ne le dit pas, afin de mettre ces pauvres gens en demeure de travailler avec zèle pour mieux secouer les soins de la misère...

Comment donc se fait-il, encore une fois, que ces Brisquet, ainsi que bien d'autres, restent de la sorte dans un tel avilissement? Hélas! je crois que le manque d'ordre, souvent aussi la paresse, peut-être aussi la lassitude de lutter contre la misère, font que ces pauvres gens s'abandonnent au découragement et ne se sentent plus l'énergie nécessaire pour lutter contre le mal qui les ronge et les envahit chaque jour davantage.

II

M. de Marcinelle et son fils se sont séparés de la Brisquette et de Briscotin, à la porte de la villa, les premiers pour aller à l'église, les seconds pour rentrer dans leur réduit.

Puis, les jours suivants se passent dans ce calme silencieux et sombre qui d'ordinaire pèse sur ces moments do cruel et religieux mémorial. Toutefois, l'imagination des enfants heureux de la bourgade s'était éveillée à la pensée des cloches invisiblement emportées dans les airs, et dont le retour solennel était attendu pour le lendemain. Mais les enfants déshérités des dons de la fortune n'espérant, hélas! aucun œuf de Pâques. soit rouge, soit blanc, de la bienveillance des musiciennes voyageuses, n'avaient aucun souci de leur arrivée. Aussi les uns se sont-ils endormis à grand'peine dans des langes de pourpre et d'or, tandis que les autres, sans nul souci, se sont pris bien vite à oublier les chagrins de la terre dans les bras d'un inexpugnable sommeil.

En cette nuit de la veille de Pâques, la lune s'est levée de bonne heure au-dessus de la chaîne de collines qui court de Sommevoire à Ceffonds, et le bassin de la Voire resplendit de l'éclat de son disque d'argent. Montier-en-Der rayonne sur la verdure de ses prairies, comme une opale sur les émeraudes dont on l'entoure. Les clochers et les ravenelles de son abbaye, ses maisons et ses villas, nagent dans la transparence lumineuse de la nuit, et il n'est pas un asile éclairé par la lune dont la silhouette ne paraisse fortement estompée sur les parties restant dans l'obscurité.

Aussi, dans la résidence de M. de

Marcinelle, on peut voir sortir dans le parc, par une porte basse, une ombre légère, enveloppée d'une sorte de burnous sombre, s'acheminer à travers les bosquets dans la direction de la haie d'aubépine qui enclot le verger de la Brisquette. Là, notre fantôme s'efforce de percer la baie, se trouvant sous des arbres blancs de fleurs, paraît choisir l'endroit le plus en vue de la chaumière et y déposer, sous un lilas fleuri, un objet invisible, avec le même soin que le chercheur d'or, en Californie, étudie les placers.

— Eh! mon Dieu, dit le spectre à voix basse, ai-je donc été devancé?... Quelqu'un est déjà venu ici déposer des œufs de Pâques! Seigneur, que je vous bénirais, si... c'était mon fils!...

Alors l'ombre s'éloigne ; elle franchit de nouveau la haie, se rend à droite, puis à gauche, puis ici, puis là, sous des massifs d'arbustes, y place évidemment quelques objets, et enfin se rapproche de la villa, en couvrant sa tête du capuchon de son burnous.

Mais au moment où il traverse le bosquet le plus épais, une horrible clameur, un affreux cri de détresse se fait entendre à quelque distance... On dirait en vérité qu'une souffrance inexprimable torture l'être qui pousse ces gémissements sinistres... Pourtant, notre fantôme ne semble pas s'émouvoir. Il a sans doute l'expérience de la vie des champs et de ses rumeurs nocturnes, car il jette une pierre dans la direction d'où partent les épouvantables accents, et aussitôt un

énorme chat noir, frappé de terreur,
s'échappe du bocage, en courant comme
un possédé.

— Heureusement mon Gaëtan n'a pas
eu à subir cette épreuve! murmure l'ombre, en accompagnant ces mots d'un rire
contenu.

M. de Marcinelle, — car vous le re-
connaissez sous le travestissement du
burnous, — M. de Marcinelle riait encore qu'une détonation terrible, grossie
par le calme et la sérénité de la nuit,
retentit dans le parc de la villa, éveillant
tous les échos d'alentour, et répercutée
jusqu'à sept fois, mais toujours en s'af-
faiblissant, par les hautes murailles de
l'abbaye qui s'élève à quelque distance.

— A la bonne heure!... dit joyeusement M. de Marcinelle; mes gens font

bonne garde, et ils ont raison, car il y a par ici, depuis quelque temps, des rôdeurs de nuit fort incommodes et très suspects. Que ce coup de fusil, tiré simplement à poudre, peut-être parce qu'on m'a entrevu, leur serve d'avis salutaire...

Sur ce, le fantôme disparaît dans l'ombre de la porte basse, restée béante, et qui se referme aussitôt sur lui.

III

J'ai dit que la villa Marcinelle n'a que deux étages.

Au rez-de-chaussée, à droite, se trouve la salle à manger ; à gauche, ouvre le salon décoré avec le luxe de bon goût qui offre des choses riches et exclut les bagatelles qui ne sont pas de prix. L'es-

calier, placé au fond du vestibule, con-
duit aux chambres à coucher de M. et de
madame de Marcinelle, et d'une camé-
riste, au premier d'abord; puis, au second, aux deux nids de Thérence et de
Gaëtan, surveillés par une autre femme
de chambre, d'une pièce voisine qui les
sépare.

Or, le matin du jour de Pâques, dans
la chambrette de la jeune fille, et sous les
blanches courtines de son lit pudique,
on peut voir, à la lueur du crépuscule,
par la mousseline entr'ouverte dans l'ou-
bli du sommeil, la plus charmante tête
d'enfant, figure d'ange endormi, parmi
les nuages de dentelle de sa couche. Au-
dessus du lit, une croix d'ivoire est
fixée, avec un bénitier d'or, sur un velours cramoisi, entouré de deux branches

2

de palmier également en or, qui l'encadrent. Une madone en marbre blanc, supportée par une coquille d'argent ciselé, semble sourire à la charmante enfant qui dort à ses pieds.

Mais alors s'avance près de ce lit, après avoir traversé comme un sylphe léger la chambre de leur gardienne vigilante, notre jeune connaissance, le petit Gaëtan, déjà tout habillé, qui, s'approchant de sa sœur immobile, lui chuchote à l'oreille :

— Thérence ! Thérence ! Réveille-toi donc, Thérence ! Voici l'aube... Bientôt les cloches vont annoncer leur retour par leurs étourdissantes sonneries... Ma Thérence, je suis là, moi, ton Gaëtan !...

Thérence ouvre enfin ses yeux bleus, regarde d'un air effaré, en secouant sa

brune chevelure sur ses épaules, et, ap-
puyant sa main sur un cordon de soie
torse qui lui sert à se soulever, elle montre une surprise extrême ; mais recon-
naissant alors son frère, elle lui tend ses
petits bras, les lui passe autour du cou,
l'embrasse avec bonheur, et lui dit de sa
voix la plus douce :

— Bonjour, mon Gaëtan.....

— Sœur, tu ne sais pas? répond
Gaëtan, qui, ne voulant pas perdre les
minutes en salutations courtoises, va
droit au but, figure-toi que père à peine
couché, hier, et aussitôt que j'ai entendu
mère entrer dans son cabinet de toilette,
je suis descendu *piano, piano*, par l'escalier dérobé ; j'ai ouvert la porte basse,
j'ai traversé les parterres, franchi la haie
du verger des Brisquet, atteint le beau

lilas blanc, la seule et unique fleur qui
se trouve dans le jardin de ces pauvres
gens, et là, au pied de l'arbuste, j'ai déposé sur la mousse verte le paquet qui
renferme notre œuf de Pâques pour Briscotin et Briscotine. Enfants déshérités !
qu'une fois en leur vie les cloches de l'abbaye aient l'air d'avoir pensé à eux, puisqu'on dit qu'il n'est pas bien sûr que ce
soient les cloches qui font de si beaux
cadeaux... Ensuite je suis revenu sans
accident, me suis mis au lit, et ai dor-
mi... mieux qu'un roi... Aussi, j'étais
éveillé dès cinq heures, ce matin, au
moment où l'aube blanchissait les cieux,
annonçant l'approche de l'aurore... Tout-
à-l'heure, au premier rayon du soleil
sur l'horizon, les cloches arriveront en
un branle joyeux... Lève-toi donc, que

nous voyions, par les persiennes entr'ouvertes, ce qui adviendra dans le jardin
du père Brisquet...

— D'abord, convenons que jamais
nous ne révélerons d'où viennent les
œufs de Pâques que trouveront ce matin
Briscotin et Briscotine, si on en parle;
n'est-ce pas, frère? répond Thérence;
car notre bonne mère nous a dit toujours
que la main gauche doit ignorer ce que
donne la main droite, tu te le rappelles?
ajoute la belle enfant, en mettant un
doigt sur ses lèvres.

—Oui, c'est juré... réplique Gaëtan.

Mais à la nuance de bouté qu'avait
prise sa physionomie, substituant tout-
à-coup l'expression d'une spirituelle
taquinerie, Thérence continua :

—Ensuite, que je te dise donc, Gaëtan,

combien tu étais drôle, hier au soir, quand on nous a crus couchés, et que je te tenais éveillé, avant que père fut endormi, afin d'aller porter en cachette notre petite offrande aux enfants de Brisquette. Oh! oui, tu étais bien drôle. Tu tombais de sommeil; tes yeux se voilaient, ta tête s'en allait en avant, comme ceci, puis elle se relevait subitement, comme cela; alors, pour te faire rire, puisque tu me saluais poliment, je te faisais de grandes révérences fort courtoises. Je te contai une histoire, à la fin, dans le but de fixer ton attention; mais tout en voulant l'écouter et en écarquillant les yeux, le sommeil te reprenait, et aussitôt ta tête repartait : cric! se relevait : crac! et mon Gaëtan s'en allait dans l'autre monde. Heureusement le moment de des

cendre est enfin venu, et tu as fait ton
expédition, pendant que je chantonnais :
Marlborough s'en va-t-en guerre!...
Oh! j'ai ri, j'ai ri des grimaces que tu
faisais, à me tenir les côtes... Que tu
avais donc l'air drôle!... Est-ce que,
quand je dors, j'ai un air aussi comique,
dis, frère?...

En s'exprimant ainsi, Thérence joint
aux paroles la plus mutine gesticulation
de la tête, des mains, de tout le corps; et
des rires, des rires d'une fraîcheur, d'un
entrain tel que Gaëtan lui-même s'épa-
nouit dans une hilarité convulsive, tout
en donnant à sa sœur le baiser le plus
tendre.

— Tu as l'air d'une petite sainte-n'y-
touche!... quand tu es endormie, sœur;

mais, éveillée, tu me parais être un fameux lutin !... lui répondit-il.

Gaëtan achevait à peine qu'un jet de lumière, jaillissant des profondeurs de l'horizon, vint briller subitement sur le crucifix d'ivoire et l'or qui l'encadrait au-dessus du lit de Thérence. C'était le premier rayon du soleil levant, qui appliquait ainsi son baiser sur la nature. Les deux enfants se signèrent, et, s'agenouillant, l'un sur le tapis de sa chambre, l'autre sur sa blanche couverture, ils adorèrent en silence et pieusement le Sauveur ressuscité.

Aussitôt, dans les airs ébranlés, tout près d'eux, des tours de l'abbaye de Montier-en-Der, un bourdon colossal, puis un second très grave encore, puis un troisième à la sonnerie plus légère;

puis, à une autre distance, les cloches de
Ceffonds, sur tous les tons également,
basses, ténors et soprani, lancèrent leurs
notes harmonieuses, et entonnèrent le
sublime cantique de la terre exaltant le
triomphe du Roi des cieux. Enthousias-
mée, Thérence se prit à dire avec ivresse
cette strophe du poète :

> Cloche qui te balances
> Au sommet de la tour,
> Voix d'en-haut qui t'élances
> Avec les voix du jour,
> A mon âme qui prie
> Viens parler de patrie,
> D'espérance et d'amour !

Pendant une heure, des torrents d'harmonie céleste s'élancèrent en effet en
flots sonores, en cataractes mugissantes,
en gracieuses cascades, en jubilantes
cascatelles, en exquises fioritures, en
joyeux carillons. comme une pluie de

notes mélodieuses tombant de l'éther,
planant dans l'espace, ruisselant dans
l'immensité du firmament, et allant se
répandre dans les abîmes de l'infini...

—Dire que j'étais emporté, cette nuit,
dans un rêve, avec toi, ma Thérence,
sur ces vagues mouvantes de délicieuse
musique aérienne !... Elles nous ber-
çaient, nous balançaient, tantôt nous
submergeant, tantôt nous promenant à la
surface, nous endormant parfois, mais
toujours murmurant à nos oreilles : Dor-
mez, chers enfants !... le ciel veille sur
vous !... murmure à mi-voix Gaëtan, qui,
tout en écoutant les grandes clameurs
des cloches, regarde dans le parc et le
verger.

Mais Thérence l'écoute à peine. Elle
passe rapidement un peignoir de cache-

mire blanc, enfonce ses petits pieds dans ses babouches turques, enveloppe sa tête d'une fanchon de dentelle, et se hâte d'accourir à la fenêtre, elle aussi, afin de suivre d'un œil curieux ce qui peut arriver dans les deux jardins. Mais comme rien ne se montre ni dans le parc ni dans le verger, en guise de passe-temps elle dit à son frère :

— D'après ce que tu m'as raconté, hier, de ton entretien avec père, est-ce que tu ne croirais plus que les cloches font le voyage de Rome, et nous en rapportent des souvenirs de bonne amitié et des encouragements à la sagesse?... Moi, j'y crois toujours, j'y crois même plus que jamais...

— Mais, sœur, pourquoi donc alors les enfants des familles pauvres ne trou-

vent-ils pas des œufs de Pâques, eux?
réplique Gaëtan. Si çe sont les cloches
qui les donnent, elles ont un tort, celui
d'oublier les enfants dont je parle, qui,
par leur sagesse et leur travail, les méritent quelquefois mieux que les enfants
des familles riches... Pourquoi donc
aussi, nous-mêmes, avons-nous ménagé
une surprise à Briscotin et à Briscotine,
sinon parce que, sans notre don mystérieux, ces pauvres enfants n'auraient
sans doute rien cette année, comme ils
n'ont jamais rien eu jusqu'à présent?...
Vois-tu, Thérence, depuis hier j'ai beaucoup, mais beaucoup réfléchi...

— Ah! ah! monsieur Gaëtan de Marcinelle qui se donne les tons de réfléchir!... En effet, c'est de bon ton, c'est
le genre!... s'écrie Thérence, en proie à

un fou rire... Ah! ah! c'est à le redire à
tous les échos de la terre, comme les
roseaux du barbier de Phrygie hurlant à
tort et à travers : Le roi Midas a des
oreilles d'âne! Puis, j'ai envie de crier :
Gaëtan, l'illustre, le philósophe Gaëtan
qui se prend à réfléchir!... C'est à en
rire jusqu'à demain. Eh bien ! je ne ré-
fléchis point, moi, et je crois très naïve-
ment que les cloches m'ont apporté de
belles étrennes pascales de Rome la
grande ville ! Et puisque nous ne voyons
pas l'ombre d'un Brisquet dans leur jardin, je descends dans notre parc, et me
mets en quête des cadeaux que certaine-
ment mesdames les cloches m'ont appor-
tés... Je les flatte pour qu'elles me
traitent généreusement, en disant mesdames les cloches... Quant à vous, mon

beau réfléchisseur, restez là, et que Dieu
vous ait en sa sainte et digne garde !...

IV

Sur ce, Thérence s'élance, comme une
biche effarouchée, laissant en vedette,
derrière sa persienne à moitié fermée,
notre bon Gaëtan, tout étourdi du coup,
et n'osant pas suivre sa sœur, dont le
caquet le réduit au silence.

En effet, ainsi qu'elle le dit, Thérence
descend dans le parc, et la voilà qui vol-
tige à travers plates-bandes et bosquets,
comme une abeille à la maraude, regar-
dant parmi tous les angles obscurs, sous
toutes les plantes, au milieu de toutes les
touffes de fleurs. Une première fois elle
se baisse, croyant voir un rouleau de

papier recélant quelque trésor; mais Gaëtan, qui a remarqué sa manœuvre et son mécompte, lui crie d'un ton railleur et sardonique : Casse-cou ! casse-cou !

Puis il ajoute, sur le même rythme ironique, au fur et à mesure que sa sœur se baisse, cherche et ne trouve pas :

— Tu t'en approches !... Tu t'en approches !... Non, non, tu t'en éloignes !... Ah ! ah ! tu brûles !... Tu brûles !...

Mais ces paroles de Gaëtan, qui s'appliquent à un autre jeu, dites à l'aventure et par caprice, ne servent nullement à guider notre héroïne. Thérence, du reste, ne répond pas à son frère, et, la tête inclinée, l'œil au guet, l'oreille ouverte pourtant, elle va, revient, se courbe, se relève, s'approche, s'éloigne, et... enfin, avise un objet indéterminé que voile à demi le rouge feuillage d'un arbre de Judée.....

Gaëtan, toujours à son observatoire, convaincu que Thérence joue en ce moment une comédie à son adresse, en se baissant de nouveau, en paraissant saisir sa trouvaille, et en feignant de l'examiner avec attention, s'écrie encore, du ton narquois que vous savez :

— Que c'est joli, que cela me semble beau !

— Charmant, délicieux en effet ! Admirable même !... répond alors, d'une petite voix flûtée, la malicieuse Thérence, qui, se retournant soudain, laisse voir entre ses mains un superbe coffret en bois sculpté, ayant sur chacun de ses côtés de magnifiques médaillons en porcelaine de Sèvres, et, sur le couvercle, une statuette couchée, en bronze, et du plus joli, du plus ravissant travail...

Autant la jeune fille est rose, rouge, empourprée de plaisir et de bonheur, autant Gaëtan devient pâle de surprise...

Alors Thérence affecte de venir se placer devant la façade de la maison, et d'ouvrir, là, le bienheureux coffret, avec la fine petite clé d'or qui brille à sa serrure minuscule. Puis, successivement, elle tire du coffret, d'abord un éventail en bois des îles, dont les peintures représentent de charmantes petites scènes pastorales; puis une douzaine de gants de chevreau de toutes les nuances; puis deux flacons en cristal de roche, montés en or; puis un porte-cartes en cuir de Russie; puis un carnet en maroquin du Levant; puis un crayon en or, guilloché, avec un canif en nacre très originalement agencé dans le porte-crayon.....

A la vue de chaque objet, Thérence, qui se trouve juste au-dessous de la fenêtre où Gaëtan, le cœur battant, l'observe et suit de l'œil son manége, pousse un petit cri de satisfaction qu'elle sait parfaitement produire son effet.

Bientôt, à son tour, d'un ton goguenard, elle chantonne, assez haut pour être bien entendue :

Maître Corbeau, sur un balcon perché,
Boudait, d'un bec piteux et sans aucun ramage*.
Lorsque maître Renard trouve un trésor caché
  Sous l'ombre épaisse d'un bocage.

Craignant d'être joué, raillait maître Corbeau :
  — Que c'est joli !... Que ça me semble beau !..
Mais le Renard répond : — Eh ! là-haut dans ta cage,
Combien péniblement tu digères ta rage !...

Que ces malices qui lui échappent ne vous fassent pas croire que Thérence est méchante. Oh ! non, jugez d'ailleurs :

— Il me semble que les cloches sont bien coquettes, cette année ; sœur, qu'en dis-tu?... fait Gaëtan, que les traits de sa chère Thérence ne paraissent pas blesser.

—Viens, que je t'en donne la preuve... lui répond la jeune fille avec amitié et de ce ton de voix douce que je vous ai déjà signalée.

Gaëtan, que jusque-là son rôle embarrasse et qui n'attend qu'un encouragement de sa sœur pour quitter son poste, ne se le fait pas dire deux fois. En trois bonds il franchit l'escalier, qui détone et craque sous sa turbulence, et le voilà près de Thérence, qui lui dit alors :

— Vous avez médit des cloches, Monsieur, et vous les avez traitées de coquettes; mais c'est égal, elles ne vous garderont pas rancune. D'abord, en leur nom, je vous offre six de ces belles paires de gants qu'elles m'ont rapportées de Rome, la preuve c'est qu'elles portent l'estampille que voici : *Datri, via di Condotti, Roma*. Comme nous avons la même main, les gants vous iront à ravir... Seulement choisissez les couleurs qui vous plaisent... Ensuite, je suppose que l'un de ces flacons de sels anglais s'est égaré dans mon coffret, et je vous prie de l'accepter comme mon œuf de Pâques, à moi, à l'adresse de mon frère chéri! Les cloches de l'abbaye, en personnes fort intelligentes, ont laissé les écussons sans y faire graver d'initiales; ce soin nous regarde, et notre bijoutier Jules Thiébaut réparera cette omission. Enfin, comme cet éventail ne peut pas aller au doigt d'un jeune incrédule qui renie les cloches de son pays pour ses bienfaitrices, prenez en échange ce canif dont je vous fais de grand cœur hommage, comme à un futur avocat, ayant souvent besoin de tailler sa plume pour mieux coucher sur le papier ses larges idées et ses profondes élucubrations...

— Que tu es bonne, ma Thérence!... Merci, petite sœur!... dit Gaëtan les larmes aux yeux, et avec l'effusion d'un cœur plein de tendresse... Que tu es bonne, que tu es bonne!... ajoute-t-il en s'emparant de son butin.

— C'est donc la première fois que vous vous en apercevez, monsieur mon frère?... fait majestueusement Thérence, riant sous cape, mais affectant un langage sérieux et compassé.

— Oh! non, petite sœur... répond Gaëtan en embrassant la charmante enfant.

— Maintenant, frère, dit Thérence à Gaëtan d'un ton de mystère, prenez par l'allée de l'est, vous, et moi par l'allée de l'ouest, nous nous rencontrerons au rond-point des Sycomores... Peut-être, peut-être d'ici-là notre voyage de circumnavigation autour des parages du parc ne sera-t-il pas sans..... découvertes...

Selon l'inspiration donnée par Thérence, les deux enfants se séparent et s'éloignent, l'un par une allée, l'autre par une autre allée, et ils arrivent ensemble au rond-point des Sycomores... Tout-à-coup Gaëtan avise, appendu à un jeune arbre, au beau milieu de la clairière, un trophée d'armes en acier, sur lequel se joue un furtif rayon de soleil. Casque avec son cimier, cuirasse, brassards, cuissards, jambières, écu, sabre, lance... rien ne manque à cette panoplie en miniature, et dont chaque pièce s'adapte parfaitement à la petite taille de Gaëtan.

— Oh! les braves cloches!... s'écrie notre héros, revenant à sa croyance première, dans l'explosion de sa joie.

— Il me semble que les cloches de notre abbaye sont passablement belliqueuses, cette année, frère; qu'en dis-tu? fait Thérence, souriant avec bonheur, tout en parodiant le ton qu'avait pris l'enfant, un instant auparavant, quand il avait dit : Il me semble que les cloches sont bien coquettes, cette année, sœur?...

—Thérence, dit alors Gaëtan radieux,

lu ne sais pas?... Tu vas m'armer chevalier, et tu me donneras l'accolade,
comme Bayard fit à notre roi Fran-
çois Ier, sur le champ de bataille de
Marignan.....

— Pour cela, mon cher, il faut aller
demander leur bénédiction à nos parents;
on ne peut être armé chevalier sans
cela... répond Thérence, qui se prête à
la comédie; et puis je vais aller choisir
mon plus large ruban, que je te mettrai
en sautoir, pour représenter l'écharpe,
car il est de mon droit que tu portes mes
couleurs...

— Oui, oui, couleur blanche comme
ton âme, pure et immaculée comme tes
pensées!... Alors, c'est toi, Thérence,
qui seras la dame du brillant chevalier
Gaëtan de Marcinelle... réplique notre

petit ami, tout jubilant. Je prendrai pour devise, et je l'écrivai sur mon bouclier : *Tout pour et par ma Thérence !...*

Oh ! mon Dieu ! au milieu de toutes mes richesses, petite sœur, je sens le chagrin qui pénètre dans mon... cœur... ajoute Gaëtan, dont le visage prend soudain une expression de sombre mélancolie... Tu as très généreusement partagé avec moi les cadeaux que t'ont fait les cloches, Thérence ; et moi, de ce don que me font les cloches, que vais-je donc pouvoir t'offrir ?...

— Mais toi-même, ta petite personne, puisque tu te fais mon vassal, mon dévoué chevalier !... répond d'une façon charmante l'ingénue créature...

Les enfants se rapprochent aussitôt de la maison. Gaëtan pour y demander la

4

bénédiction de ses parents, Thérence pour chercher son ruban. Mais au détour d'un massif d'arbres verts, voici qu'ils se trouvent subitement face à face avec M. et madame de Marcinelle, se promenant dans un bosquet, sans doute afin de jouir quelque peu des innocentes joies de leur petite famille. Ils la savaient descendue dans le parc, et rien de son manége du matin ne leur avait échappé jusqu'à ce moment.

Thérence et Gaëtan se jettent tour à tour dans les bras de leurs parents, et les couvrent de caresses et de baisers. Puis Gaëtan s'adressant à sa mère, lui dit avec un petit air fûté :

— Voici des yeux de velours et un joli sourire nacré qui m'ont tout l'air d'appartenir à une fée que j'aime de toute mon âme, mais qui, si je ne me trompe, a joué, cette nuit, le rôle d'une cloche...

S'adressant ensuite à son père, Gaëtan ajoute :

— A côté de ma belle cloche maternelle, se trouve le bourdon, et ce bourdon c'est cette grosse voix de père, qui nous dit si souvent avec tant d'amour : Mes enfants chéris !... Eh bien ! à cette aimable cloche et à cet excellent bourdon, le petit grelot de Gaëtan demande leur bénédiction, parce qu'il veut être armé chevalier par les mains de sa Dulcinée, très haute et très illustre damoiselle Thérence de Marcinelle. Alors, dans mon armure d'acier, je sonnerai comme grelot, cloche et bourdon, et malheur à ceux qui n'agiront pas selon les règles de la justice, de la bonté, de la courtoisie, car je redresserai leurs torts et leurs travers, ma dague au poing, et ma lance en arrêt...

Ce disant, Gaëtan met un genou en terre...

M. de Marcinelle le relève, l'embrasse dix fois, et le met aux bras de sa mère, qui le couvre de caresses.

Survient Thérence avec un large et long ruban blanc, dont les deux bouts sont réunis et forment un nœud élégant.

Aussitôt le groupe de l'heureuse famille retourne au rond-point des Sycomores. Là, notre jeune fille fait agenouiller son frère au pied de la panoplie, après qu'il a déjà couvert ses jambes et ses bras des jambières, des cuissards et des brassards. Ensuite, elle tire le sabre du fourreau, en frappe son cher Gaëtan sur l'épaule droite, en disant :

— Heureux tenant d'armes, je te fais chevalier!... Sois sans peur et sans reproche comme Bayard, vaillant comme Henri IV, et n'imite jamais les folies de Don Quichotte, si ce n'est pour aimer et vénérer la dame de tes pensées, la noble Thérence de Marcinelle, à laquelle je te convie de jurer foi et hommage!...

— Je jure foi et hommage à ma Thérence!... dit Gaëtan avec un sérieux imperturbable.

— Relève-toi, beau chevalier, et sois désormais le protecteur de la vertu, le pourfendeur du vice, le soutien de la veuve et de l'orphelin... fait la jeune fille avec non moins de gravité.

Alors elle aide son frère à endosser la

cuirasse ; elle la lui boucle sur les épaules et la poitrine. Elle lui met le casque sur la tête, et secoue le panache du cimier, que la brise soulève à son tour. Ensuite elle lui ceint les reins de l'épée, dont elle met le fer nu à sa main. Enfin, elle lui place la lance sur l'épaule et l'écharpe sur les armes.

Aussitôt Gaëtan couvre du glaive brillant son père et sa mère qui sourient, et leur dit :

— Désormais, malheur à qui vous touche, car voici qui vous protége !...

Quant à Thérence, ayant couché l'écu sur le sable, elle écrit, avec de l'ocre rouge, ces mots à l'entour :

« *Amour et honneur à mon père et à ma mère !...*

Et, au-dessous de cette première lé-

gende, ces autres mots, qu'elle dessine
avec de l'ocre bleue :

« *Tout pour et par ma Thérence!* »

Alors elle le remet aux mains du
jeune paladin, qui, à défaut d'ennemis,
s'adressant à un jeune pin, s'escrime
avec lui, en le traitant de Sarrasin, et le
frappe d'estoc et de taille.

V

Cependant, les cloches de l'abbaye de
Montier-en-Der chantaient encore le
glorieux *Alleluia* de la résurrection du
Christ. Mais elles commençaient à bais-
ser leurs voix, et leurs clameurs triom-
phales s'éteignaient petit à petit. Quand
elles furent à leurs dernières vibrations,
et qu'il ne resta plus de leurs bruyantes

mélodies que des sons vagues qui bruissaient faiblement dans l'air, soulevés et déchirés par le zéphir du matin, on vit revenir Thérence, qui s'était éloignée un instant.

En arrivant auprès de ses parents, l'on put deviner qu'un grand bonheur illuminait son âme.

Elle fit signe à Gaëtan et à M. et à madame de Marcinelle de s'approcher. Alors elle les conduisit à un point du bosquet d'où, tout en restant dans la pénombre, on pouvait voir dans le jardin des Brisquet. Là, dans un silence absolu, noyés dans l'ombre, ils aperçurent le petit Briscotin, tenant par la main sa sœur Briscotine. Ils sortaient de leur pauvre chaumière, et, à travers les arbres en fleurs du verger, ils épiaient, eux aussi, le retour et le passage des cloches.

Comme les autres enfants du pays, ces deux petits êtres en haillons tenaient à voir les voyageuses nager dans l'éther bleu du firmament pour aller reprendre leurs places dans le campanile de l'antique monastère. Mais ils n'aperçurent que des nuages blancs et roses poussés par la brise du matin. Leur imagination se contenta de cette vision, et, des cieux, leur regard descendit sur la terre.

— Nous ne serons pas plus heureux que les autres années, va, ma Briscotine; le malheur est notre partage, à nous... disait tristement Briscotin à sa sœur.

— Qui sait?... répondait Briscotine, dont les jambes étaient nues, et foulaient

sans mégarde les herbes du verger ruis-
selantes de rosée.

Pourtant, voici que l'on vit tout-à-coup
Briscotin abandonner la main de sa
sœur, et, du doigt, le cou tendu, les yeux
effarés, désigner, près du lilas blanc, un
objet d'abord, puis un second, envelop-
pés, ficelés, cachetés, qui, là certes,
n'étaient point à leur place. Le regard
de Briscotine s'alluma, comme celui de
son frère, d'où jaillirent des éclairs. Ils
s'approchèrent l'un de l'autre, pantelants,
sur la pointe du pied, comme s'ils
avaient craint que le sol s'effondrât sous
eux, le bras levé, semblables à un oiseleur
qui veut surprendre une couvée dans son
nid. Les chers déshérités des joies de la
terre redoutaient que leur trouvaille ne
s'envolât...

Enfin, subitement et d'un même mou-
vement, leurs mains ouvertes s'abattirent
sur les deux proies convoitées.

Quand Briscotin fut en possession de
a première :

— Cette fois, les cloches ne nous ont
donc pas oubliés, Briscotine!... mur-
mura-t-il d'une voix étranglée par l'émotion.

Briscotine voulut répondre, mais sa
langue se tordit, tel qu'un parchemin, dans
sa bouche, sans articuler un son, et la
pauvre créature devint pâle, en saisis-
sant la seconde.

Thérence et Gaëtan, voyant qu'au lieu
d'un seul objet placé au pied du lilas,
leurs jeunes voisins en trouvaient.....
deux, ne savaient que penser; et, aussi
surpris et étonnés eux-mêmes que Bris-

cotin et Briscotine, ils se regardèrent mystérieusement en silence.

— Papa, maman, venez, venez vite! s'écria d'une voix devenue plus sonore Briscotin, dont la poitrine, oppressée jusque-là, commençait à respirer plus à l'aise.

Brisquette d'abord, puis Brisquet, vieillard à demi décrépit par la peine et les soucis, montrèrent à la porte du verger leurs visages maladifs et empreints de ce masque d'indifférence à toutes choses que donne une infortune continue et persévérante.

Briscotin, et Briscotine à l'exemple de son frère, levèrent de toute la longueur de leurs petits bras les paquets qu'ils tenaient à la main, mais avec la même anxiété que s'ils eussent porté les mines

d'or de Golconde, les paillettes du Pac-
tole, les diamants de Chandernagor, ou
les pépites de la Californie.

— Des œufs de Pâques?... balbutia le
père Brisquet d'une voix chevrotante, et
avec un regard éteint.

— Des œufs de Pâques?... répéta la
Brisquette... Ah bien ! ceux-là viennent
bien des cloches, mes mignons, car, pour
sûr, ce n'est morguienne pas moi qui les
ai mis là pour vous...

· Tout en parlant, nos deux braves gens
de s'approcher pour jouir enfin, une fois
en leur vie, d'un petit bonheur donné
aux misérables enfants qu'ils ont mis sur
la terre.

— C'est tout enveloppé de papier.
mais de beau papier tout brillant... fait

5

Briscotin, qui ne sait comment s'y prendre pour ouvrir son trésor.

— C'est tout ficelé... fait Briscotine,
qui porte son paquet comme un vase de
cristal qu'elle a peur de briser.

— Eh bien ! ouvrez donc !... dit le
père, devenant curieux et sortant de son
marasme habituel.

— Allons donc, regardez dedans...
ajoute la mère, dont les yeux se prennent
aussi à lancer la flamme.

— Bigre! ça sonne... reprend Briscotin.

— C'est *ben* dur, ce qu'il y a là-
dedans... murmura Briscotine.

Et, tout en parlant, émus, tremblants,
voulant voir et craignant de regarder, les
deux enfants semblent désirer que l'un

examine avant l'autre le contenu de leurs mystérieux colis.

Enfin, comme d'ordinaire, la femme se dévoue.

Briscotine rompt les cachets et coupe les ficelles qui cachent le don des bien-heureuses cloches...

Que trouve-t-elle? Devinez-le...

Elle trouve, hélas! un œuf en sucre blanc, mais un œuf d'une taille énorme... Stupéfaite, la pauvre enfant s'attendait à mieux.

— Mais ça se casse, ça s'ouvre, ça... dit Briscotin.

Briscotine, en proie à la fièvre, n'hésite plus. Du revers d'une serpe qui pend là près d'elle à un arbre, elle ouvre l'œuf...

O miracle! soudain s'éparpillent à

terre des... centaines de petites pièces
blanches de tous les modules : pièces de
vingt-cinq centimes, pièces de cinquante,
pièces de un franc, pièces de deux
francs, voire même pièces de cinq francs,
toutes neuves, toutes luisantes. C'est une
pluie, une vraie pluie, qui lui glisse des
doigts, s'échappe de ses mains, et,
comme une neige d'argent, couvre de sa
nappe immaculée les mousses vertes qui
la reçoivent.

Joyeuse, ébahie, riant, pleurant, notre
Briscotine prend les deux coins de son
mauvais tablier, et y dépose les belles
pièces blanches qui rutilent au soleil, et
qu'elle ramasse une à une, sans que sa
besogne aille bien vite, tant il y en a
d'amoncelées devant elle.

De compte fait, le père Brisquet dit à

sa fille qu'elle possède un trésor de deux
cent soixante-dix-sept francs...

— Bien!... fait Briscotine. Je remercie bien mesdames les cloches, et je sais
en quoi je changerai demain toute cette
monnaie...

Briscotin est ahuri... Il reste debout,
inerte, pâle, comme s'il avait devant lui la
statue du commandeur. Pourtant, par
moments, il fait mouvoir à son oreille
son paquet, à lui, plus petit que celui de
sa sœur, et qui lui inspire moins de con-
fiance...

Mais une fois qu'il connaît le secret de
Briscotine, il brûle de voir enfin le sien
livré au grand jour. Alors, faisant d'a-
bord le signe de la croix, pour recomman-
der à Dieu son action et le mystère de sa
découverte, en un clin d'œil, et pour

abréger ses émotions, il déchire l'enveloppe, et.....

Jugez de son émotion, de sa joie, de son triomphe !

Une poignée de belles pièces... d'or... lui sourient subitement au travers des mailles d'une bourse de soie verte, et lui chantent le plus joyeux refrain qu'il ait entendu de sa vie !...

Ivre de bonheur, Briscotin vide la bourse dans sa main et compte : Une, deux, dix, dix-huit, vingt-deux, vingt-cinq !...

— Vingt-cinq pièces d'or !... s'écrie-t-il.

— Vingt-cinq pièces d'or de vingt francs, soit cinq cents francs !... réplique son père, qui connaît encore son Barême, et dont l'œil terne prend l'éclat d'un ver luisant enfoui dans les broussailles de ses sourcils.

Briscotin n'entend plus rien. Il s'élance comme un fou; il embrasse son père, qu'il fait chavirer; il embrasse sa mère, qui chancelle sous ses étreintes; il embrasse sa sœur, dont il saisit les deux mains, et, l'entraînant avec lui, les voici enlacés dans les bras l'un de l'autre, qui dansent une sarabande échevelée autour du lilas blanc, en secouant à leurs oreilles, ainsi que des castagnettes, leurs nombreuses pièces d'or au doux tintement...

Enfin, s'arrêtant de guerre las et tout essoufflé, le gaillard porte les yeux vers les tours de l'abbaye :

— Braves cloches, dit-il avec enthousiasme, je vous aime bien, je vous ad-

mire! Mais votre carillon ne vaut pas
encore celui de ces sonnettes d'or... Car
c'est de l'or, ça!... de l'or vrai, de l'or
neuf, du bel or, tout ce qu'il y a de plus
or!... Ah! ça, je ne rêve pas, hein?...
De l'or, de l'or chez le père Brisquet...
de l'or à Briscotin, de l'argent à Briscotine!... Eh! mère, je veux que, pour
dimanche, vous ayez le plus joli déshabillé
billé rouge qu'il soit possible de voir à
dix lieues à la ronde... Voilà... cinq
pièces d'or pour vous l'acheter... Père,
pour dimanche également, commandez
un habit et une culotte flambants... Voilà
cinq autres pièces d'or pour les avoir!...
Toi, Briscotine, fais-toi la plus jolie du
quartier... Quant à moi,... je sais ce
que... je veux!... Je porte là, dans ma
tête, un projet qui, que... suffit!

Ce disant, Briscotin dépose cinq de ses pièces d'or dans la main de Brisquet, et autant dans celles de la Brisquette, qui les reçoivent les larmes aux yeux, sans pouvoir articuler une parole. Mais le tremblement de leurs lèvres révèle la profonde émotion qui les agite...

Vous le voyez, enfants, le bonheur donne la fièvre, et le petit Briscotin a le transport... Les yeux lui sortent de la tête; la rougeur, une rougeur apoplectique s'étend sur son visage; ses jambes flageolent; il ne sait plus que faire de ses mains... Pourtant elles ne délaissent pas son trésor.

Brisquet et la Brisquette, bouches béantes, semblent changés en statues de terre cuite enluminées par la main d'un artiste de campagne. en face des richesses que le ciel, dans sa bonté, fait pleuvoir sur leur misérable hutte, en cette belle matinée du jour de Pâques. Aussi la pauvre vieille femme, sortant comme d'un songe, s'adresse à son mari et à ses enfants :

— Le bon Dieu nous envoie des œufs de Pâques qui méritent bien que nous allions à l'église le remercier... dit-elle en chevrotant. En attendant la messe, mes enfants, m'est avis que vous ferez bien de.....

Seigneur, Dieu du ciel, qu'ai-je vu?... s'écrie-t-elle, le visage effaré, après s'être interrompue dans sa phrase... Un ange du paradis !... L'ange qui vous a faits si riches, le bon ange saint Michel... ajoute-t-elle.

Et la bonne femme, pâle, défigurée

par la terreur, s'agenouille sur la mousse et se prosterne, après avoir montré du doigt la vision qui la frappe... Brisquet, Briscotin et Briscotine regardent...

En face d'eux, à l'entrée de l'épais fourré qui cache la famille de Marcinelle, sous un brillant rayon de soleil ils aperçoivent le plus charmant enfant du monde, casque au brillant panache sur la tête, cuirasse sur la poitrine, bras et jambes couverts d'acier, et le tout rutilant comme un miroir, étincelant de feux, et la flamme jaillissant du glaive qu'il agite...

C'est là l'archange saint Michel que signale la Brisquette...

Mais l'archange saint Michel n'est autre que notre Gaëtan, qui, pour mieux voir la scène dont le verger des voisins est le théâtre, a quitté l'ombrage du bosquet, et s'est exposé au grand soleil, sans réfléchir que bientôt il sera vu. Il est aperçu, en effet; mais, sous son armure éblouissante, comment les Brisquet pourraient-ils reconnaître le petit Gaëtan de Marcinelle, leur voisin?... d'autant plus que pour mieux remplir son rôle de chevalier, notre héros s'est appliqué sous le nez une formidable paire de moustaches... Aussi, n'est-il pas reconnu, et, à l'exemple de la Brisquette, père et enfants s'agenouillent sur les mousses humides, pendant que le garçonnet dit d'un ton convaincu, pénétré :

— Ah! je le pensais bien, moi!... Cloches et clochettes, tout ça c'est des contes... La vérité vraie, c'est qu'il y a un Dieu, que M. le curé appelle la

Per..., la Por..., la Providence, et si cette Providence, dit-il, le bon prêtre, permet que les petits oiseaux de la terre trouvent leur pâture, elle oublie encore moins les pauvres gens honnêtes... C'est la Providence qui nous a envoyé le petit saint Michel que voilà !...

— Maintenant, à l'église, enfants... répète la Brisquette, dont les pensées d'avenir plus heureux renouvellent l'énergie.

Soumis à sa voix, les Brisquet se relèvent et s'éloignent. Ils disparaissent bientôt dans la pénombre de leur chaumière.....

VI

Les voisins de M. de Marcinelle ont à peine clos la porte de la maisonnette, que, dans le corps de logis qui forme les dépendances de la villa, de lugubres clameurs se font entendre. On dirait des gémissements et des plaintes à demi étouffés. M. de Marcinelle laisse ses enfants aux soins de leur mère, qui a deviné, ainsi que son mari, mais cherche en vain à faire avouer la générosité de ses enfants à l'endroit de Briscetine. Néanmoins elle remercie Dieu dans le fond de son cœur de voir leur jeune et belle âme s'épanouir et comprendre l'infortune, puis la soulager. Puis, elle aussi, avec sa petite famille, se dirige vers le pavillon d'où s'échappent des sanglots. Là, on apprend de Virginie, la fille du jardinier Périque, veuf depuis deux ans, que ne voyant point descendre son père de sa chambre, elle a pris le parti d'y monter.

Le plus horrible spectacle s'est alors offert à sa vue. Son père, mort, gît à terre, dans une mare de sang coagulé... Il tient encore dans sa main crispée le fusil qui lui a fait à la poitrine une blessure mortelle...

En racontant ces affreux détails, la pauvre enfant verse toutes les larmes de son corps...

— C'est donc l'explosion que j'ai entendue cette nuit, lorsque j'étais dans le parc... se dit M. de Marcinelle. Et moi qui croyais que c'était pour écarter les maraudeurs... que mes gens tiraient !

Aussitôt, après avoir éloigné les siens, M. de Marcinelle, accompagné d'un valet de chambre et de quelques serviteurs de sa maison qui s'empressent de calmer la cruelle douleur de la jeune fille, monte près du cadavre de son jardinier. Il ne peut croire à un suicide... Périque n'était point malheureux; au contraire, il mettait sa joie dans sa fille !... Serait-il donc victime d'un assassinat?... Mais Périque, inoffensif et bon, ne pouvait avoir d'ennemis. L'avait-on tué pour le voler?... Cela n'est pas possible, car alors ce n'est pas avec un fusil que l'on commet un meurtre dans une maison habitée... D'ailleurs Virginie n'a rien entendu; il est vrai qu'elle dormait. Mais un voleur, en furetant autour d'elle, parmi les objets les plus précieux qui précisément l'entouraient, l'aurait ou réveillée, ou frappée elle-même... Tout au plus a-t-elle entendu l'explosion, comme dans un rêve...

Bref, après l'examen du corps, de la

blessure et de la chambre, M. de Marcinelle va conclure que son jardinier est
sans doute victime de sa maladresse,
lorsqu'il est confirmé dans cette pensée
par une lettre qu'il avise, placée sur une
étagère. Cette lettre, Périque l'avait
écrite, une heure avant de mourir peut-
être, à un de ses confrères, pour lui annoncer sa visite prochaine et lui demander
des arbres de choix... Dès-lors, c'est en
chargeant son arme, de peu de valeur,
afin de s'en servir contre les voleurs, en
cas de besoin, que l'infortuné se sera très
involontairement donné la mort...

Des ordres sont donnés pour appeler
les représentants de la justice et rendre
ensuite les derniers devoirs au malheureux Périque.

Virginie est emmenée à la villa par

son maître, qui raconte à madame de
Marcinelle l'événement arrivé, et lui
confie la jeune et intéressante orpheline.

Quant aux deux enfants, Thérence et
Gaëtan, dont la joie est convertie en
deuil, on leur fait comprendre combien,
trop souvent, les grandes douleurs sont
voisines des grands plaisirs!...

Le surlendemain de ce jour de Pâques,
bien des choses sont changées dans la
résidence de la famille de Marcinelle.
Virginie, adoptée par madame de Marcinelle, est devenue la lingère de la
maison. Puis, sur la proposition de M. de
Marcinelle, le père Brisquet a livré de
grand cœur sa chaumière et son verger
au maître de la villa, moyennant une
somme généreuse de trois mille francs,
et a, de grand cœur aussi, accepté de

prendre la place de jardinier, devenue vacante par la mort du pauvre Périque.

Enfin, après un service solennel, le défunt est porté en terre, suivi de sa fille en deuil, selon l'usage du pays, qui admet les femmes aux enterrements. M. de Marcinelle, tous ses gens et les Brisquet, grands et petits, qui, sans attendre au dimanche suivant, se sont très convenablement trouvés habillés par les soins de leur nouveau maître, et aussi la majeure partie de la population du bourg, assistaient au convoi de Périque.

En ce moment, le soleil s'éteint derrière les collines et les bois de Jervilliers et de Droyes. De larges bandes d'un ton violacé, coupées par de menus filets d'or pâle et des zig-zags de pourpre vive, zèbrent les perspectives du couchant.

Enfin le soir vient, lorsqu'on quitte le cimetière, où c'est aussi l'usage que la fosse des trépassés soit comblée en présence des assistants.

Les fossoyeurs eux-mêmes s'éloignent, persuadés que personne ne reste plus dans l'enceinte funèbre. Mais ils se trompent.

Aussitôt que la solitude s'est faite dans l'asile sacré, une ombre sort lentement d'un massif de cyprès, et s'approche de la grande croix qui, au centre, élève ses bras sur le champ du repos pour bénir tous ceux qui dorment là leur dernier sommeil jusqu'à l'heure de la résurrection. Cette ombre n'est autre qu'un enfant de notre connaissance, Briscotin. Je suis obligé de vous le nommer, car peut-être ne le reconnaîtriez-vous pas, tant ses

vêtements neufs et bien adaptés à sa
taille, quoique en velours noir grossier,
le changent à son avantage. Il va droit à
cette croix et s'arrête près de la tombe
d'un homme de bien, ancien curé de la
paroisse pendant trente ans, et dont le
souvenir et l'amour vivent dans tous les
cœurs...

Briscotin se met en face de cette tombe,
et il dit alors à mi-voix :

—On me croit ignorant, et on a parfaitement raison..... Mais enfin, ne pou-
vant payer des mois d'école, j'ai étudié
tout seul, et je crois avoir assez appris à
lire, et même à écrire et à compter. J'en
veux faire l'essai sur cette tombe de l'ancien bienfaiteur de ma famille. Mon
vieux père l'aimait bien, car il m'en
parle toujours avec reconnaissance, com-

me d'un homme qui, dans le temps, lui a rendu de grands services. Combien souvent, en effet, je lui entends dire :

— Ah ! si le curé D*** vivait encore, ce n'est pas lui qui me laisserait dans une telle misère, ni mes enfants dans l'embarras !

Aussi, je me suis demandé souvent ce que les gens du pays ont pu dire de ce bon prêtre, dans ces lignes noires qui courent sur la pierre blanche de sa tombe. Maintenant que je puis lire, je vais me donner enfin satisfaction. Celui qui dort sous ce marbre fut un véritable représentant de Dieu par sa charité pour les pauvres ; c'est lui qui me donna le baptême ; je me le rappelle quelque peu, car j'avais sept ans quand il est mort, et je l'ai vu quelques fois venir serrer la

main à mon pauvre père. Ah ! quand il
serrait la main d'un malheureux, celui-
là, il y laissait toujours quelque chose !...
Aussi, je ne sais pourquoi je tiens à rendre sa tombe témoin de la résolution que
je prends et que je suis au moment d'ac-
complir...

Alors, s'agenouillant pour prier et voir
l'inscription de la tombe qu'éclairaient
faiblement les derniers rayons du jour,
Briscotin lut assez couramment ce qui
suit :

A LA MÉMOIRE DE J. B. D***, CURÉ DE
MONTIER-EN-DER, DE 1800 A 1830.

Le Ciel à tes vertus en offrant la couronne,
A fait leur souvenir, ici-bas, immortel !
Sur les lèvres de tous ton nom chéri résonne
Tout parfumé d'amour, comme un nom paternel!

— Paternel !... C'est bien le mot !... fit
Briscotin, qui n'acheva pas... Ces mots-

là sont trop beaux pour moi; mais on dit du bien de notre ami, cela suffit!... donc je sais lire; merci, mon Dieu!...

Alors notre petit héros, enfant de douze ans à peine, mais enfant mûri par la religion, qui déjà l'a accueilli parmi les communiants; mais enfant formé à l'école du malheur, et fait homme par la souffrance, prend une pièce d'or de vingt francs qu'il tire de sa bourse verte et qu'il fait toucher à la croix du tombeau comme pour la bénir. Puis il la perce avec effort à l'aide d'un poinçon, et, comme à une médaille, il y passe un cordon de cuir dont il s'est muni. Enfin, il la suspend à son cou.

— C'est de l'or d'hier, de l'or de l'archange saint Michel! dit-il. Cette pièce d'or, qui me vient de la Providence, je la garde et la porterai toute ma vie sur ma poitrine... Ce sera mon... *talisman*... comme on dit; car, symbole de ma reconnaissance, elle me portera bonheur et fera la fortune du petit... colporteur... Oui, je vais être, je vais me faire colporteur... Avec mon or, je vais acheter tous les petits articles, de vente facile, que recherchent et que paient volontiers les braves gens des campagnes : croix, chapelets, bénitiers, pelotes, aiguilles, épingles, ciseaux, couteaux, plumes, papier, et ceci, et cela... Je me ferai un joli et très complet assortiment, et comme la Providence sera avec moi, que je me mettrai sous sa protection sainte, je suis assuré de réussir. Voilà les miens heureux maintenant chez le bon M. de Marcinelle; eh bien! le petit colporteur.

sans soucis à présent pour sa brave
mère et sa sœur, fera aussi son bonheur
à lui... Donc, généreux ami des pauvres,
bon curé, toi qui sauvas tant de fois mes
parents de la faim et de la misère, veille
sur eux du haut du ciel que tu habites.
Je ne puis aller les serrer dans mes
bras, ma mère ne me laisserait point
partir, et mon père me contraindrait à
rester... Or, je veux partir!... Parle
donc à leur cœur pour les rassurer et
leur donner la foi dans l'avenir. L'avenir!... Oh! bénis le mien, toi, ombre
bien-aimée!... Adieu!... A mon tour,
je viendrai te bénir un jour, car par toi
j'aurai succès et bonheur!... Adieu!

A ces derniers mots, Briscotin essuie
une larme qui, malgré son énergique
résolution et sa ferme volonté, mouille sa

paupière; puis il se retire, salue la tombe
du pasteur des âmes, et allant prendre
une sorte de havresac qu'il a caché dans
les hautes herbes, il sort du dortoir des
morts, et s'éloigne lentement, pensif et
rêveur...

VII

Notre petit colporteur gravit alors la
côte Berdin, et s'arrête sur son plateau.
Là, pendant quelques minutes, il promène un long regard sur l'immense horizon qu'envahit le crépuscule.

Déjà les étoiles s'allument au firmament et se reflètent dans l'eau de la Voire
endormie dans son lit. De légères va-
peurs couvrent la prairie de nappes blanches que l'on prendrait pour des lacs
épars. Enfin, la lune, en se levant, fait

miroiter au loin les toits d'ardoises des villas et de la vaste abbaye. C'est un spectacle d'une poésie ravissante.

Le jeune philosophe plonge une dernière fois ses yeux et son âme sur la chaumière qui abrita ses mauvais jours, sur la villa Marcinelle, qui renferme à présent tout ce qu'il aime, et... tournant brusquement le dos, car il sent l'émotion gagner son cœur, il descend sur la route de Vitry-le-François, résolu, déterminé, sans peur, afin de traverser en hâte et sans faiblir les charmants paysages que, tout-à-l'heure encore, le soleil couchant empourprait de ses feux.

. . . .

. . . .

Après quelques jours d'angoisses et de deuil passés dans la demeure du jardinier de la villa Marcinello, on y apprit bientôt, par des marchands coquetiers, que Briscotin avait été vu s'éloignant d'un pas allègre, porteur d'une balle au dos, dans les environs de Châlons-sur-Marne et de Reims.

— Ah! il avait son idée à lui, et des projets!... murmura la Brisquette avec un long soupir.

— Et il nous reviendra, va, femme! continua Brisquet.

— Quand il sera riche, ce qui ne sera pas tout de suite!... ajoute Briscotine en essuyant une larme.

— Et qu'il pourra vous rendre bien-heureux!... crie Gaëtan, qui accourt, tout essoufflé...

— Venez, venez vite, mes braves gens... Père veut vous lire une lettre qu'il vient de recevoir... achève la belle Thérence, survenant à son tour.

En effet, un mois après la disparition, jour par jour, un matin, M. de Marcinelle recevait la lettre que voici :

« Monsieur,

» Pardonnez-moi de m'adresser à » vous ; mais, seul au monde, vous pour- » rez consoler mes bons parents. Qu'eussé- » je fait dans le pays?... Rien de bon. » Avec l'or de mes œufs de Pâques, ap- » portés par deux anges que la réflexion et » la reconnaissance me font appeler Thé- » rence et Gaëtan, j'ai acheté quelques » marchandises de toutes sortes, et je me » suis fait... colporteur. Je revends dans » les villages plus cher que je n'ai acheté » dans les villes. Aussi je gagne pas mal

» d'argent. A preuve, c'est que je me per
» mets de vous envoyer cent francs que
» vous aurez la bonté de remettre à ma
» bonne mère, si elle en a besoin, sinon
» de placer en lieu sûr. Qu'on ne s'étonne
» pas de ne pas avoir souvent de mes nou-
» velles, puisque je suis d'une bonne
» santé. Qu'on se rassure aussi par cette
» bonne pensée que, avant tout, je veux
» être honnête homme et bon chrétien.
» Donc, Dieu sera avec moi ! sa divine
» Providence me protège, et tout le
» monde me respecte, car partout on
» commence à aimer, à choyer, à gâter
» même celui qu'on appelle le petit col-
» porteur !... Soyez donc le consolateur
» des miens, en même temps que mon
» banquier, mon agent de change, excel-
» lent Monsieur. C'est une peine que je

» vous donne, mais vous êtes bon, puis-
» que vous êtes le père de mes deux
» anges protecteurs...

» A mon père, à ma bien-aimée mère,
» à ma chère petite sœur, toutes les
» amitiés d'un cœur qui leur appar-
» tient.

» Et à vous, Monsieur, à madame de
» Marcinelle, et à vos deux enfants
» chéris, la reconnaissance que je dé-
» pose chaque jour aux pieds de l'Eter-
» nel...

» Le petit colporteur BRISCOTIN. »

— Vos œufs de Pâques ont engendré
le bonheur de toute une famille, mes enfants, dit M. de Marcinelle en achevant
la lecture de la lettre. Puisse le Seigneur
se rappeler dans l'occasion... Mais faites

en sorte que, tous les ans, les cloches vous en apportent de pareils !...

Il y a quinze ans que cette histoire arrivait à Montier-en-Der. Aujourd'hui, M. de Marcinello et sa famille habitent toujours leur villa, avec leurs enfants. Brisquet et la Brisquette, mis fort à l'aise, restent toujours au service de ces excellents maîtres.

Mais Briscotin est devenu propriétaire, propriétaire, remarquez bien, du superbe magasin de nouveautés situé rue de l'Isle, dans la bourgade. Notre colporteur a adopté pour enseigne :

AUX OEUFS DE PAQUES !

Briscotine est associée avec son frère. Ils ont déjà six mille livres de rente.

Vous dirai-je que les pauvres ont une

bonne part de ce revenu, chaque année, à Pâques, sous forme d'œufs, il est vrai, mais d'œufs qui n'ont pas que la coque, de ces œufs dont on peut dire qu'ils ont été pondus par la poule aux œufs d'or?

FIN

Limoges. — Imp. E. Ardant et Cie.

Original en couleur

NF Z 43-120-8

www.ingramcontent.com/pod-product-compliance
Lightning Source LLC
Chambersburg PA
CBHW071107260626
47162CB00006B/2238